日暈

小林幸子 歌集

本阿弥書店

歌集　日暈＊目次

I

装幀　花山周子

歌集 日暈

小林幸子

I

みよしのの墓

百合峠の百合にはあらぬやまゆりを橋のたもとの店にあがなふ

このまへは槇の林をさまよひて漸く墓にたどりつきしとふ

槙の間に墓域のみえてほうと息もらせるわれらの案内人《あないびと》はも

花活けに山百合さして槙の秀は墓前の草の上におきたり

父の墓のとなりにをとめ観音はくちびるに紅さして佇む

観音のくちびるにさす紅のいろ鳥と話をするときひかる

またたれかを槇の林にまよはせて父と娘の笑ひごゑする

昨日迷ひ今日いざなはれ明日はまた迷ふにやあらむ訪ぬるひとは

ぬばたまの黒てぶくろは吉野より宇陀を旅してもどりきたりぬ

みよしのの墓とほければ声のして「かむながらなる寒さ」といへり

友の庭に咲きにしといふみよしのの山の椿はわが庭にいまだ

流星群をながめゐる犬

近江より作陶の犬、まなざしのはるけき犬を送りたまひぬ

ひつたりと青灰色の耳垂りて流星群をながめゐる犬

野茨の枝をかたへにさしたれば犬はのばらの赤い実あふぐ

六本辻こほれる朝をきらきらと鳥の声する道をえらびつ

青空にあなを開けむとする鳥のくちばしの先ときどき見ゆる

前髪にとまらせてゐるゆふぞらの月が吐きたるやうなこなゆき

うつすらと雪つむ朝のロータリーこえて焼き立てパン買ひにゆく

まつすぐに歩いてゐると思へども補助線だらけの広場なりけり

ひさかたに帰りこしひと満月を連れて帰りしやうに見よとふ

蒼天に放り込みたき薔薇一本おほつごもりの軒下に吊る

新春の月が軒端にまはりきて吊らるる薔薇にあいさつをせり

はつはるのゆめのみぎはにひしひしとふじつぼの着く舟をひきよす

猫の水素水

ちひさなるゆびあと硝子窓に残しあんなに寒い夜にきてゐた

トンネルをひたひたあるいてゐるときの髪に雫が光つてゐたり

清らなる呼吸ができるといふひとよ鳥たちの声こほれる森に

わが背丈いつこえたるや咲きそめし紅梅のはな少女とあふぐ

リビングの床におかれてうすあをき猫の水素水はありける

あづさゆみ春に生まれて少女より三歳うへの猫伸びをせり

猫のこと話してをれば猫の耳すこし大きくなりて立ちたる

さくら咲き雪はふりきぬうひの雪よろこぶごとし若木のさくら

春の雪ひと日降りたり鳥の巣は白いデルタのやうに懸かりて

赤煉瓦館

境内に梅が枝餅を焼くおうな切れ端を雀たちに放りつ

飛梅の樹下に散りゐるはなびらを写さむと地に屈まりゐたり

吊し雛そびらにゆれてゐるやうな天神街をそぞろ歩きす

歌会の間《あはひ》に春の川ながむ波うつふるき硝子窓より

タピストリー垂らしし黒板おかれたり歌会の声響かするため

告知受くるひともありけむ美しき赤煉瓦館の検査室にて

生きたしとはるか来たりて節死す　九大病院終末病棟に

白梅の咲きそめ鳥は鳴きゐしか長塚節ここに死にけり

鴉

水別《みわか》れをこえてゆくなりいにしへの吉備王国の古墳の丘へ

水別れといふ吉備のひと　吉野では水分《みくまり》といふ佐久は水分《みなわけ》

白梅のほつほつと咲き昏れがたき五重塔のほとりに立てり

国分寺五重塔のずんどうのかたちほのぼの見上げてをりぬ

畦道のむかうの家の灯火がふえつつ吉備王国のゆふぐれ

次つぎに鴉の群れの帰りきて林の裸木黒ぐろとせる

空間のざわりと動きねぐらより一斉に発つ数千《すせん》の鴉

夕空をふくらみながら旋回す音を消したる鴉の群れは

旋回をしつつ頭上に広がれるかぐろき渦に圧されて歩く

数千の鴉に追はれ歩きたり吉備古墳の丘の異物かわれら

コウモリ塚古墳のはるの夕闇をスマホの灯りに照らしつつゆく

夕闇に丘のかたちをなぞりたり古墳の口がまだ暮れのこる

樹のよろこび

千曲川わたれば思ふ死にちかき父が鹿教湯《かけゆ》に待ちゐしことを

おじいちゃんさみしいんだねと言ひし日の男孫を父は待ちてをりしか

なんといふひと世なるかと少年の死を歎きたる父も逝きたり

鹿教湯なる黒岩館の宿帳にのこれる父の名に触《さや》りなむ

湯川には倒木の橋懸かりをり向う岸まで飛べないものに

川こえて倒れたる樹のよろこびは月光の夜にけものを渡す

ひとふさの髪

天空を競歩するひとゆくごとくしきりに雲のちぎれとぶ昼

公園のつつじのはなの生垣をあるくすずめはときどき沈む

窓硝子つたふ雫の影うつる仏間の障子のまへに坐りぬ

ひとふさの髪も遺さず炎のなかにおくりたること一生悔ゆべし

蛇の殻はクリアファイルにはさまれて白い鱗がぴかぴかひかる

かがまれば膝に夕陽はあふれたり分けてあげることはできずに

仏壇のなかに洪水ありしこと栖むひとたちと吾のみの知る

おかあさん、ほらといひたり夏の夜の汝れはちひさき滝を背負ひて

のどもとのすずしいひかり　この国に浦見の滝は八つあるとふ
たつぷりと白雨過ぎにしゆふぐれをかなかなかなとうつたふるかな

ひとり参り

盂蘭盆にましろき花の咲きをりし蓮田のはすも葉先枯れたり

恋瀬川の葦辺をわたる車窓より筑波の峰のきはやかにみゆ

筑波山ふたつの峰のあふところ草原に家族の昼餐なしき

山をゆく五人家族でありし日の筑波山にはふたたびゆかず

お彼岸のひとり参りは海風に線香の火が消されてしまふ

いもうとが参りくれしかやまゆりにわが秋草の花を添へたり

黄のはなの咲くあらくさに水をやり秋の彼岸の海みはるかす

海原に昇る朝陽のおほきさを知るだらうわれもここに住まふ日

鉱山のたかい煙突立つ町の社宅に生れしきみと出会ひぬ

鉱山のけむり観測所のありし神峰山にはカピバラがゐる

百三十一名の名を刻みあり鉱山の中国人殉難の碑に

朝鮮人納骨堂に鉱山の無縁仏も葬られをり

単線の軌道のあとをゆくバスで貯木場まで行つてみようか

なにをするのか、なにもしないか　海側に非破壊研究所あり

嵐の痕は
参道の鈴木食堂の剝がれたる外壁にふたつ梯子が立てり
滝のやうに山から水が墜ちてきて、川から水が溢れてきたと

流水文の木目の階をのぼりつつ天道虫を踏みさうになる

観音堂の引き戸にはまる杉板のあかるい茶色　嵐の痕は

択ばれて観音堂の戸になりし直ぐなる杉の幹を思へり

吹き降りの雨たつぷりと吸ひにけむ綱に結はれし願掛けの布

往き来するブルドーザーを見てをりぬ笠森観音堂の舞台に

供物のやうな

乗客はわれひとりなるバス降りる　斜面に転がる布良《めら》の標識

蒼い旗ふるやうな木に近づけばブルーシートの切れ端なりき

あまたなるサンドバッグを吊り下げて屋根に捲れるブルーシートは

どこからかあらはれし犬と目が合へばついてくるなり集落の道

人がゐる郵便局で昨日来た「星の王子様」の切手を買ひぬ

石蕗の花のうへにはつながらぬ襷のやうな青い切れはし

「年金でゆとりある老後」と札かかる布良漁業組合の戸口に

磯につづく漁協の裏に生簀ありどよんと黒きものを沈めて

海女たちの息吐くときの磯笛の風にまじりてきこえてこぬか

内房線の車窓に夕焼けの富士

ブルーシートの屋根の向うの夕焼けの海にちひさき富士山が立つ

あの日魔物が渡りてきたる湾のうへ供物のやうな夕焼けの富士

片　峠

廃線の橋わたりゆく紅葉の谷間より湧く霧踏みながら

眼鏡橋に青い空気をたつぷりと吸ひこみて五号トンネルに入る

トンネルの向うにつぎのトンネルが口あけてゐる廃線路ゆく

トンネルの間のあをぞらにうつすらと三日月かかる碓氷峠の

礼《ゐや》をしてトンネルに入り礼をしてトンネルを出づあまたの死者に

退避壕ところどころに開いてゐて覗けばむかしの雨の匂ひす

友らより遅れて歩くわがために鳥はさへづるアプトの道に

一号のトンネル抜ければ蝉の声鳥のさへづり交じるゆふぞら

北面はひたに嶮しき山路つづく碓氷峠は片峠なる

うつくしき煉瓦造りの変電所黄色いはなを咲かせてをりぬ

そそりたつ岩の山容変はりたり横川駅はもうすぐならむ

白鳳秘仏

堂守をよぶ銅鑼うてばコスモスの花群を波わたりゆきたり

すずやかな眉目もちたまふルーペもてみる白鳳の胎内仏は

五センチの大日如来の光背の金銅の輪は闇を統ぶるも

秘仏なる白鳳仏の胸のへにちさき影あり印むすぶ手の

秋往けば秘仏にかへるみほとけの胸より影も消ゆるならむか

八百年白鳳仏を潜めこし石宝塔のなかの白い闇

古道の坂の上には般若寺と島村ファーム向ひあひをり

牧場のソフトクリームなめながら奈良坂非人施行をおもふ

花の巡礼

ひとあらば悲しみなむか天地《あめつち》にひかりのはるの喪はれたる

気がつけば立春の朝、紅梅の花あふがむとマスクをはづす

白梅の雄蕊の数を五十本までかぞふ、　みづいろのそらに

紅梅と白梅の枝ふれあへばささめきはつか生まるるごとし

まだ橋の落ちたるままの千曲川の岸辺のりんごジャムに煮てをり

千曲川のひかりふふめる林檎ジャム焼きたてパンにたつぷりと塗る

「桃の花それと菜の花」きさらぎの子の生日の花をえらびぬ

しらうめの花ひとつづつ泉なり　わが少年の生日めぐる

とほくへはゆけない春よ梅の庭、さくらの庭へ花の巡礼

春の運河

コロナなど封じてやらむサンマルコ広場に仮面の群れはあふれて

ぬばたまの黒きゴンドラつらなりて春の運河をゆくカーニバル

薬草を詰める巨大なくちばしをもてりペストの医者の仮面は

黒死病鎮めむと建てし教会の影がゆらめく春の運河に

倍倍に増えゆく死者はヴェネツィアの仮面祭にまぎれこみたり

マリア祭断ちきられたり十二人の春のマリアを置き去りにして

トランクを頭上に載せて水浸しの広場をあるく旅人もなし

「長靴にはき替へてこれから銀行へ」詠みたるひとはいかにいますや

頭《づ》や骨に沁みる怖ろしい静寂といふ　ヴェネツィア封鎖

ヴェネツィアの旅人ひとりもゐなくなり運河の水の青き春なり

バルコニーに窓の硝子に虹の絵をかかげてかはす春のあいさつ

虹

西空に日照雨《そばへ》のなかの太陽をながめてをれば電話なりたり

「おかあさん、すごい虹だよ　空をみて」サンダル履いてわれは飛び出す

生まれてはじめてみるやうな虹　心臓があわだつほどの凄き虹なり

おほきなる虹がかかりぬ保育所と小学校におく虹の脚

きさらぎのゆふべのそらのおほいなる虹の脚にぞ捉まりてゐむ

天空のひとなる母の白髪にふれつつ虹のあはくなりゆく

ニジガキレイ、ニジガキレイと呪《まじな》ひのやうにつぶやき眠りゆきたり

隣人にスマホの虹をみせながらソーシャルディスタンス越えてゐる

水辺のランチ

六千歩すこし伸ばしてツタヤまで『クララとお日さま』抱きて帰りく

恩義ある人との訣れ果たすため夫は九州小倉へゆけり

すずろなる昼の歩行にひとりごと吸ひたるマスク湿りを帯びて

自転車に乗りにゆきたる息子より会津のしろきアスパラ届く

識閾をふと失へるゆふぐれの煇入りし卵は全き茹で玉子

眠られぬま闇のなかに息づける夜の心臓の音をききたり

いつみきかゆめにかかれるおほいなる虹の脚にぞふれつつ眠れ

頭《づ》のなかの青空ゆけばかげろふの翅のやうなるひとはけの雲

かきくらしまた明るめる辻いくつこころのなかの旅はてしなき

枕べの雨戸いちまい開けておく　のけぞれば見ゆる十六夜の月

ひそやかに雨戸を開けて暁闇に朝のひかりの混じれるをみき

朝の息ふうつと吐いてはなびらのやうにうかべる月を動かす

少年の手をはなれたる花束が空をながれてくる母の日の

あれはなに、きびたきの声、いい声ね　青葦原にふりくるこゑは

陽光《ひかげ》さすメタセコイアの森ぬけて娘とふたりの水辺のランチ

青空が潜みてゐるか　湿原にひとら葦刈り束ねてゆけり

薔薇色のスーツケース

一日で緑の木となるからまつのメタモルフォーゼ、匂ひたつ森

この森のいちばんきれいなからまつの緑のなかにクワクコウが鳴く

映りこむ緑の樹々に白雲がふれてながれてゆけるうつつを

ふかきふかき空の底には鳥がなきうはのそらとふ空のありにき

調剤を待つまの窓にカーブスのマシンを走るひと見えてをり

半月はなほまどけきかゆづりはのつやめく夜に眠剤を割る

十年用パスポート更新の顔写真あかあかと紅ひきて写さむ

飛行機は飛んでゐないよ　薔薇色のスーツケースを追ひかけてゆく

壁紙のモンサンミッシェル干潟より飛び立つ鳥の黒ぐろとして

肩ごしにみつめてをればセルロイドのヴェネツィアの面がわらひぬ

なにものにならんとするやウイルスの変異種、二重変異種、そして

ワクチンは「ゲームチェンジャー」人類はなんのゲームをしてゐるのだらう

しらかしにつゆの山鳩くくみ鳴く朝をワクチン接種にゆけり

背を伸ばし体育館のバスケットのみどりの網のしたに座りぬ

マスクしてうしろの席までよくとほる声と言はるる声はがんばる

ひと日づつ暮しを継がむ朝焼けを迎へて夕焼けを見送りて

かかる世をたれそ想ひき夕映えの雲の畠を薔薇ながれだす

Ⅱ

日暈

コロナ感染鎮まらぬ春　歌会の場を探しゆくノマドのやうに

かかる日にわれら集ひて飛鳥山山上に青葉の歌会ひらく

それぞれの石をみつけて坐りたる　樹下《じゆげ》石上《せきじやう》といふにあらねど

ゆるやかな円をなしたる歌会の頭上にもみぢの青葉揺れゐる

わが坐る石の上にも降りきたるいろはもみぢの新緑の葉は

かへるでが風に載せたるプロペラに紅と緑のあはくとけあふ

散り花をのりこえ尺取虫すすむ五体投地のかたちに似たり

青もみぢ風にもみあひ山上の石の広場に陽の翳るとき

太陽をうつすらと雲のおほひたる空に日暈《ひがさ》の現れいでつ

ボールペン握りたるまま八人が立ちあがり空の不思議をみたり

薄雲のなかにちひさき穴あきてそこにのぞきてゐる青空よ

日の暈の真下に在りぬ　飛鳥山山上にいま集へるわれら

山上に歌会ありし日のをはり『クララとお日さま』読みて眠りぬ

野草を描きに

ユリノキにみどりの花が咲くならむ博物館の閉ざせる庭に

公園のバトン・トワラーしゅつしゅつと白いひかりが交錯したり

山鳩のくぐもる声に朝は明けてみなづきくるかふづきはくるか

ささなみの湖のほとりの歌会にゆきたしあふみの国とほけれど

家ごもり解かれてひとに逢ふときのよろこび伝へらるるや目にて

中学にまだ行けなくて課題なる野草を描きに少年が来る

泰山木はつぼみがきれい　子を送る朝の樹下《こした》につぼみかぞふる

舟をかぞへて

おそれつつ出でこし旅の東京駅、ひかり号、京都駅かんさんとして

ときじくの秋は湖岸にあるごとし　女郎花、萩、桔梗咲きをり

ダアリアの花にまじはる揚羽蝶ひとつの息に翅そよがする

交接の蝶うつくしき　人間はかうはいかぬと友のつぶやき

湖がみたくて蔓をのばしゆき薔薇は煉瓦の塀をこえたり

死にちかき三橋節子の描きたるノリウツギ捜すうみべの園に

向ひあふ湖べの席の空けてある椅子にふはりと坐れるひとよ

とほき日の琵琶湖ホテルに泊まりたる原田直行氏と汀子さん

花たちとあいさつかはし朝明けのうみべの園をゆきにしならむ

湖の沖にゆれつつまた増ゆる舟をかぞへて眠らむとせり

パンデミックさなかの朱夏をささなみの志賀のうみべの集ひさやけき

歌会の窓を開ければみづうみの気配のすこし濃くなるごとし

木造公園

人のくるまへの木《き》造《づくり》公園《こうゑん》に十六本の樹を頌めてゆく

朝明けに来し青年は公園を二分けにして全力疾走

樹のしたのベンチにいねて青空へ脚ふりあげてゐる老い人は

まじなにもねえ、といひながら中学生らサッカーはじむ

ふりかかる桜のはなの樹の下にバトン・トワリングする少女たち

緊急事態宣言迫るゆふぐれの桜の枝を目白ゆきかふ

カインズの園芸売場に青苗をさげてしづかな人びとならぶ

東窓に桜あふれて西窓にスカイツリー立つ　家籠りせよ

午前二時スカイツリーの青き灯のうへにおほきな満月が載る

家籠りつづける庭にひしひしと鈴蘭の芽の緑あかるし

春ごとに野山の花をみにゆきし友とメールに交はす「ご無事で」

入つておいで

雨の間にみんみん蟬が鳴きすだく、　鳴かずに夏をゆかせるものか

人を避けるための日傘についてくるもんしろてふよ入つておいで

黙ふかくをれば不安が押し寄せるゆゑ夕刊を音読したり

ゆふぐれのすずしき風に学校の二十世紀梨をみにゆく

破れたる袋にのぞくうすみどり梨の実りはもうすぐならむ

福島の晩夏のひかりふふみたるチーズケーキを土産にもらふ

語り部になにを聴きしか少年はチーズケーキにスプーンを添ふ

保険証明日より替はる　新さんま一匹焼いて柚子しぼりたり

文学館の午のテラスにメロンパン食べをり樹々の影が揺れつつ

六十年前の短歌誌つみあげて閲覧室にわれひとりなり

館員がそつと入りきて森に向く窓を開けたり鳥の声する

満月を滑るこども

あかときに雨戸あけたり蟬の声もうきこえずに秋がきてゐる

だれにいふことにあらねど満月を滑るこどもがときどき見ゆる

声はいつ老いるのだらう森ぬけて秋のひかりにのみどをさらす

はじめての雪を冠りし浅間山まなうらにおき眠らむとせり

無言館にゆきしはいつの秋なるか遠いとほい秋の日なるか

酸素吸入しながら山領まりさんは無言館の絵の修復なせり

あと六年支へられるか訪ふひとを待ちつつ窪島館長のいふ

サテンの白い衣

もう十日眠りつづけてゐる猫の毛のつややかな渦巻き模様

ちひさなるスプーンに水を飲ませむとするときかすかに口動かせり

花嫁のやうなサテンの白い衣きて旅立ちぬ老嬢猫は

首すぢより尻尾の先まで貫けるひとすぢの骨しろじろとして

流星雨のやうに襖にのこりたりとほくへゆきたい猫のつめあと

跳びあがりドアノブ押して寝室に入りきたりぬさびしい猫は

触れたいな

凍晴れはかかる日ならむ青空の空気のつぶつぶが凍りつく

青空を映せる朝の薄氷こどもたちより早く触りぬ

さうしゅんと声にいだせばひいやりとひかりの粒が寄りくるごとし

東北に大きな余震「闇によりて闇を照らす」と柳美里いへり

紅梅のはな咲きゐたりきさらぎの戸定丘《とじやうがをか》のみぞれに濡れて

白梅はまだつぼみなり触れたいなと紅梅の木がよぶまで幾日《いくか》

紅梅と白梅触れあひ咲きゐたるこそのきさらぎ夢のごとかる

紅梅をながめて苑のあづまやに戸定あんぱんひとつ食ぶる

水分神社

こもりゐのひと誘《いざな》へるたまふりの春のさくらは魔性といへり

やまざくら空よりみればしろじろと上千本は坂道ばかり

をみなごの子守の札を年どしに授かりし水分神社にゆかな

さくら咲く水分神社にゆかむとす胸突き坂をゆめにのぼりて

花咲きて花ちりまがふこの春のさくらにいのちせかるるごとく

山上のさくらのはなのふぶきたるのちに来るなりこの春の忌は

師の墓に参りしといふたより来て槇のみどりの秀をおもひいづ

郭公がいま啼いた

さへづりと早瀬の音にねむくなる浅間神社に友を待ちつつ

吟行の仲見世通りを歩きたるきれいな日傘が迎へにきたり

よき香りたちて戸口へいざなへり斜《なぞ》へに懸けし手づくりの橋

もみの木の濃緑、からまつの若緑　日雀の声はいづこより降る

からまつの木立の奥に郭公がいま啼いたといふ森棲みのひと

手づくりの木のテーブルの微かなる揺れもたのしき五月の森に

わが去りしゆふべの庭にほととぎす来啼きしといふ山ほととぎす

つつつつと歩きて道をわたりゆく喫水線の白きせきれい

つぴつぴと雨中に鳥はなきながら若葉のなかにひそみてゐたり

永遠なるを

小学生の姉妹なるらし花束を抱へて墓地をさやぎつつ来る

陽ののぼる日立の海をみおろせる墓に参りぬ今日はふたりで

がんばつてるねお父さん　十四歳の子は七十八歳の父に言ふらむ

山からも海からも鳴くうぐひすをふたり聞きをり子の墓域にて

子の父と母であること永遠《とは》なるを水平線をしろき船ゆく

語らひのときを過ごして霊園をいでゆくときにマスクをかける

三輪山絵図

コロナ世に首都へきませる三輪山の十一面観音立像にあふ

豊満な観音像をおもひゐしが眉目すずやかなほとけでありぬ

マスクすればきはだつならむ観音のりりしき眉とその眦の
観音の胎内にあるといふ空洞《うろ》をひかりのいづみのごとく思ふも
椚なりし日光菩薩、杉なりし月光菩薩　さうだつたのか

三輪山のそら流れこし薄雲のひとすぢ仏のかひなに懸かる

緑なす三輪山絵図に耳澄めば夏うぐひすの啼きわたるべし

三輪山をすぎ初瀬谷をくぐりゆきわがふるさとの笠間に至る

まみどりの弾のやうなる実をあまたひそめて博物館のゆりの木
ゆりの木のおほきな木蔭にふかぶかと息を吸ひたり肺までみどり
ゆりの木に花咲くころはなにをしてゐしかうつつの辿りがたかる

なにとなくピアスのあなにふれてをり涼しい風が吹く木蔭にて

感染の鎮まれる日に逢はむかな博物館の夜のゆりの木

月光を浴びてどこまでもゆける夢の渚を喪ひにけり

吾亦紅

とほい秋デュッセルドルフに新さんま息子と食べぬ夕餐として

白樫に短く啼いてやみにけり秋の彼岸のつくつく法師

もうゐないあの猫のやうに鈴音をひびかせながら樹下をよぎりつ

大阪へ行くといふ猫、老婦人のキャリーバッグのなかに返事す

漂流をしてゐるやうだ　町ぢゆうの金木犀が二度咲きをして

秋草の花束さげて帰るみち吾亦紅はや昏くなりたり

娘の椅子、息子の椅子にすこしだけ座りてみたり黄昏のころ

はやばやと昏れたる空に灯をともしきれいな夜の飛行機がゆく

山の雨

マスクしてゐてもきれいなピアス買ふ「金の日辻《ひつじ》」といふビーズ店

山の雨とほりすぎればお日さまを連れ出しにゆく白鷺が飛ぶ

山麓の雨の雫のひかりゐるみづならの葉が肩にふりくる

翼もち飛べないものは苦しからむシロフクロウを森に帰せり

朝霧の尾をうごかして少年の三浦春馬が森をかけゆく

フクロウを抱く少年をみてゐたり韻かふまでに眉目《みめ》きよらなる

あかときの夢に抱きゐし虹の脚かなしみとして揺曳したり

そこよりはゆけないところ青空のしづく滴りつづけるところ

やはらかなからだとなれば三日月の暗いところに抱かれむ

かはたれそ

青空に鳥はおぼれてわきあがる雲のまにまにわれはおぼれて

足指にゆめのきれはし絡まりて空のなぎさにうちあげられき

ここのみはつやつやひかり年とらぬ膝小僧ふたつ月下にさらす

青空がなづきのなかに入りきてあらあらなにをしてゐるわたし

かはたれそ放心のひと「お客さまお品物を」とまたいはれをり

おとしたる気をとりなほしとりなほし歩いてゐたりさへづりのなか

なにものになりゆくわれかこれの世を忘るるなかれいましばらくを

しづしづと運ばれきたり雪かむる断層崖のやうなるケーキ

見返り弥陀

お西さんの銀杏かがやきお東さんの銀杏はややに季をすぎゐる

大寺の空わたりゆく青鷺をロイヤルホストの窓辺にながむ

みかへれば紅い紅葉のちるばかり　見返り弥陀のささやきたまふ

永観堂の紅葉の庭のつづきなる園庭にひびくこどもの声は

寄り合へるわらべ地蔵の頭《づ》のうへに紅葉いちまいづつおかれをり

前をゆくひとの背中のとほくみえ疏水のふちを遡りゆく

会はむとぞねがひし友とゆく秋のインクラインのさへづりの径

流水に境界あるや紅き葉のくるりと廻り京都に入りつ

みづうみの艇庫のそばの取水口かはるがはるに覗きたる日よ

なるほどきみは

年ゆかす鈴ふるやうに歳晩のけやきの枝に小鳥が鳴けり

極月の洗濯日和ベランダにまづお日さまにあいさつをして

コロナ世のまた暮れむとす逆光の夕陽にむきて身のかたぶきぬ

おとうとの逝日なれば元旦の家族集へるまではかなしむ

八十代は地方のためにはたらくと宣言したりなるほどきみは

夫のいふ佐賀の海べはとほけれど待たるる仕事あるはよきかな

新春に息子が両手にさげて来し「國権」「飛露喜」会津の酒の

権力に抗ひたりし若き日をいひつつきみは「國權」を汲む

雪のなかをきたりし娘の長靴のあと凍りをり朝のひかりに

月曜の郵便受け

夕光のあかるくなれるキッチンに米をとぐときあかぎれ痛し

立春のひかり浴びむといできたり竹久夢二の切手を買ひぬ

片脚で抑へて餌をついばめる鴉見ぬやうにしてとほりすぐ

「転ぶときはお尻から」といふテロップをいくたびも見て雪積む街へ

雪道を父にだかれてゆける子の赤い長靴すべりおちたり

真剣な面持ちをしてポリ袋いちまいの口開けむとしをり

歌集、歌誌、ＤＭそのほか詰め込まれおそろし月曜の郵便受けは

開いてしまふ門扉を夜夜に緑色の養生テープで留めておきたる

ウクライナに行きましたか　わが髪にはさみ入れつつ美容師が問ふ

若草の新学期

早春の朝明けの空を翔ぶものよ　青い空気にぶつかりながら

木々の芽にささやきながら雨すぎぬわが覚めてゐるあかときやみに

雛の日の地上に降りてくる雨を草木の芽とともによろこぶ

つぎつぎとかほうかぶ夢　離山《はなれやま》の羚羊のかほも現れたりき

いづこよりひびく添水の音なるや聞きつつをりぬ春のよすがら

あかときの廂を走る足音《あおと》せりかかる不穏の春にしあれど

席替へをして若草の新学期　窓より戸口へ風ふきとほる

うさぎ跳び

世にあらぬゆゑ早春の生日のめぐりくるたびみどりごを抱く

マスクしてすぎゆく日々を声のみは若やかにして子の名をよべり

睡るまでみてゐるからね　雨戸開けねむれる夜を月といひあふ

しろじろとずみの花咲く木下《こした》までうさぎ跳びしてゆくのはたれか

暗みつつ明るみにつつついつしかに識閾こえてゆく日のあらむ

少年の三浦春馬の抱きゐたるふくろふの声夜を深くせり

メイキングフィルムに声をあげてわらふ春馬のあらぬふたたびの春

睡眠におちる意識の消失点みはりてをれば夜の明けゐたり

きびたきの声はふりきぬ睡らずにあけたる夜のほうびのやうに

あかい蠟燭

とりどりの色彩《いろ》こぼしつつイースターのたまご倒れる戦火の方へ

ウクライナの人びとの手に、プーチンの手に、復活祭のあかい蠟燭製鉄所の地下にふた月潜みゐる少年がいふ「太陽がみたい」

FISKARSの包丁の柄にフィンランドの国境線のやうな朱の線

アゾフスターリ製鉄所より退避して太陽をみたかあの少年は

ヘルシンキの友がいくたび言ひくれしBe Safeこの春はわれがいふ

キーウなるKYOTO PARKに百本のさくらあふるる五月となりぬ

生きてますとも

皿洗ひつつ思ひたりプーチンはアウシュビッツに行つただらうか

収容所よりかへりきてクラクフの夏のゆふべをオルガン聴きぬ

花嫁をのせゆく馬車をながめたるクラクフにいま避難民あふる

ウェディングドレスと戦闘服を縫ふウクライナの町工場で

緑園の大邸宅の映されてオルガルヒに八人目の死者

音たてて雨戸鎖したりあとどれだけ死ねば戦争は終はるのか

十人の観客のため「ひまわり」を上演したりキネマ旬報

肉感的といへる言葉をひさびさに思ひださせてソフィア・ローレン

十字架は数かぎりなく丘にたちいつぽんづつが向日葵となる

地平までひまはりの花ゆれてをり生きてますとも、生きてますとも

みづべには

前籠に菖蒲をいれて後ろにはこどもをのせて父走りゆく

橡のはな数へゐるとき風がふき天辺からまたかぞへなほせり

かぞへむとすれば大きな葉の蔭にかくれてしまふ橡のべにはな

平群《へぐり》なるきみの畑のきぬさやのすぢ引きをればさやに風たつ

ものいはず過ぎしゆふべに試したりワカタカカゲと何度いへるか

草の絮吹かれゆくとぞみてをれば翅すきとほる虫となりたり

まなざしをひきて青空切りゆきしあの日のつばめ帰りきたらず

ぐんぐんと乳母車おしてゆくひとに追ひ抜かれたり木漏れ日の道

みづべにはすずしい風がふいてゐてねむれぬわれはあるいてゐたり

コスモス畑

一年を延期したりし歌会へ　みなづき佳き日伊勢路をはしる

このビルに友の息子の勤むると見上げてゐたり今日は土曜日

海風の吹きくる昼をもうながく伊勢鉄道の駅に待ちをり

専修寺《せんじゆじ》のみ堂に思ふみづからに人身御供となりし大工を

一身田寺内町にあふみなづきの光のなかのコスモス畑

津の海へゆかむと街を歩けどもたどりつけないままにゆふぐれ

夏花

あかときを目ざめてをればじゅと鳴きて一番蟬の声まじりきぬ

ちりとりの先でみみずを剝がしたり白じろとSの形がのこる

線香に火を移しゐる夫の背に日傘をさしかけながらみる海

老いたりし父と母なり夏花をそなへて墓に写真とりあふ

かなかなはゆふぐれを鳴く隣り家の百日紅の花のなかより

夏の夜を猫とねむればひたひたと水をのむ音くらがりに聞く

長刀鉾

コロナ世の三度目の夏ぢりぢりと長刀鉾は向きかへむとす

とほき日の産業会館八階の社員食堂のウェイトレスわれは

どの山にも守りびとゐて雨のなか松明掲げて登りゆきたり

いくたびも雨うちすぎてふと晴れて大文字山に火が点さるる

大文字山の火をみて妙法の火をみてきみと川べをゆきぬ

コロナ世の戦争の世のあかあかとたましひ送る五山山焼き

ぢりぢりと方向かへる長刀鉾をながめてをれば六十年過ぐ

ステージの段差が消えて転びたりわが識閾のあやふき昼に

三十センチの崖踏みはづし転倒す　天狗が跳べといひしにあらず

クリミアに生まれし花のライラック色のやさしい杖を購ふ

羚羊とオルガン岩

道造のフォレストレーンをとほりすぎ秋のみづ湧く水源地まで
そこにゐるのだけれど、青空を剝がしてもはがしてもあをぞら

目を閉ぢてゐてもあかるしからまつの針のひかりが瞼にふれて

からまつの落葉ふみわけ羚羊は銀河にひびく声もて鳴けり

羚羊に逢ひにきたれば月光はオルガン岩の裂け目をつたふ

月光のなかに羚羊いきづける地異のかたみのオルガン岩に

羚羊はオルガン岩に静止せり　夢*はそのさきには　もうゆかない

*立原道造「のちのおもひに」

さなきだにつめたきひかり羚羊の角に悲哀のたまりゆきたり

からまつの森をつつめる霧のなかどこへゆきしかあの羚羊は
秋なのにきなしの花がさいてゐるみづべ明るくてさびしくて

あづまはや

ほとばしる湯川の橋を二度渡り松平修文展にゆきたり

窓といふ境界入りて出でゆける満月はからまつの森に隠れぬ

からまつの樹は墓標なる　たかはらを冬の満月わたりゆくとき

黒い樹となりし一樹の梢より斜光は雪のうへに落ちたり

灰色の枠ある窓の内と外しづかな言葉かはされてゐる

あづまはや声にいだせばくちびるに茜蜻蛉のふかれてきたり

ああいい風、マスク外して樹の下に子とふたりぶんの息吸ふ

ラトビアのリガ

寛解をすることあらぬ悲しみはときじくにスパークするなり

ラトビアのリガうつくしき秋の日の占領博物館を出られず

コロナ世の戦世《いくさよ》の秋深まれり角打ちつけて鳴く鹿の声

ほうほうとみみづくの声くぐもりてマスク落としの輪の暗みたり

屈まれば影は濃くなりややうすきひとつの影が背後をあるく

きのふより七十七歳ゆふぐれにさよりのやうなさんまを買ひぬ

あきあかね流るるやうに来たりけり雨と雨とのあはひの庭に

とほくへはゆけない秋よ　薔薇色の雲をあつめて花籠に入る

一歩づつ

転倒よりひと月たちてやうやくに身体の軸さだまりてきぬ

葉の蔭にふくらみそめし橡の実を鳥が揺らせり秋のひかりに

一歩づつ歩をはこびたりゆふやみの金木犀の香をうごかして

そろそろと歩めるわれをちらと見て路をわたりてゆきたり猫は

傾ぎつつ歩く帽子のわが影をつういつういと赤とんぼ過ぐ

すこしづつ歩数をふやし鴨たちの帰りきたりし水辺へゆかな

雲がはみだす

ひぐらしの終ひの声を聞きゐたり　こゑのしづくのおちて夕闇

ポケットから雲がはみだす　鴨たちと雲場の池にながく遊びて

とびきりの秋のひかりがそそぎをり二度咲きをせる金木犀に

秋空をわたれる鳥のながき首ひかりの束をもて打たれたり

ウォーキングクローゼットの奥にある折りたたみ式踏台はわれ

落葉《らくえふ》のすすむけやきに青空の入りきて枝にならぶ鳥みゆ

秋おくる儀式とおもふ散りまがひ降りくる落葉を追ひかけながら

自然薯

冬の日に向日葵のはな咲かせゐる庭に遇ひたり散歩の道に

極月のひまはりの花ながめをり　侵攻が戦争になりしは何時か

国境の橋潰えたり橋わたるとは大勢のひとが死ぬこと

満天の星またたくやハルキウの地下鉄駅のクリスマスツリーに

歳晩の庭にのこれる鈴蘭のあかい実に鳥は降りてきたらず

橡の木の枝先に葉が震へをり吊されてゐる鳥のかたちに

惜しみつつ夕陽浴びゐる樹の洞《うろ》にいまし鰭あるものの隠れつ

仙人の杖のやうなる自然薯がおほつごもりの朝に届きぬ

はつはるに自然薯おろす　白霊のごとくねばりて青磁の皿に

新春の家族の宴に十四歳のままの少年、父を泣かしむ

正月の宵に落ちたるブレーカーうすむらさきの杖もて起こす

満月を外したるときほのほのとあなはありけりわが初夢に

甲州の春

桃畑の径にまよひぬ前をゆく黒きリュックの背のあらぬゆゑ

花ちりし桃の畑にいちめんのほとけのざ咲く季《とき》をたがへず

麦笛を吹きつついくつも丘をこゆ桃明かりする山の際まで

ここはまだ桃の花咲き菜の花がゆれをり甲斐駒《かひこま》岳がとほくに

八度目の兎年のひととほのほのと珈琲をのむ甲州の春

はなもも

青空のはなもも仰ぐ　をみなごを言祝ぐ春に植ゑられにしや

はなももの花舞ひながら茅葺きの屋根に降りゆくうれしさうなり

去年《こぞ》聞きしうぐひすの声さがしつつ孟宗竹の林にいりぬ

根もとより孟宗竹の節かぞへ四十ほどで葉群《はむら》にまぎる

伐られたる竹の根もとの竹筒におとととひの雨ひかりてをりぬ

孟宗の竹のめぐりに筍の生えくるまではあといくにちか

映写機に歌を写して旧き家に歌会をせり彼岸の前に

春の陽のさせる廊下にはなももの花びらいくつ吹かれてゐたる

フィニステール

ふと入《はひ》ることゆるされてブルターニュの光と風の展覧会に

ゴーギャンの黄色いキリストに逢はなむと半島ゆきし寒き夏の日

とほくきて辺境《フィニステール》の地の海辺なりシードルのやうなひかりのなかに

崖《きりぎし》の教会にむき跪く黒衣のひとらのゆふぐれのミサ

乳色の壁の小路の突きあたり十字架と帆の尖端がみゆ

紫陽花の花は水面に映れるやモーリス・ドニの「花飾りの船」

ブルターニュの祝祭の絵の大皿をテーブルにおく家族つどふ日

歓喜雛

都心とは高層ビルの林なれ「森都心」とはいかなるところ

けんけんと語尾ほがらかに飛びかひて熊本歌会の休み時間は

あのビルの方角まつすぐまつすぐに行けば御船と村田さんいふ

舟べりに春の波たち柳川の上りの舟とすれちがひゆく

柳川の堀端に咲くくれなゐの椿はみづに散るほかはなき

川下りの船頭さんの本業は有明海の海苔漁師とふ

雛の日をふつか過ぎたる歓喜雛　白秋生家の土間よりながむ

白秋系歌人系図の掛かりをりわが会ひえたる人はすくなし

川わたるたびに名前をききながら息子の白いリーフで走る
ここからは海は見えねど大き陽は玄界灘に沈みゆくなれ

みなで花見に

子をみたり生みてひとりを逝かせたり万華鏡のやうな昭和に

房総の春のひかりをふふみたるあらせいとうを子の生日に

海よりも蒼き空より還りくるひとを待たなむ岬を立てて

青空の粒子にぶつかりよろけたり多角形なるわがたましひは

ゆふぞらに鳥のゆくへを追ひゆけばいま生まれたるやうな満月

夜の鳥のゆさぶりたるや山ぎはのすももの花のしろくちりぼふ

戦争にいまはゆかずにすむ国に藤井聡太もはたちになりぬ

花冷えのころにもういちどおでん煮てこの大鍋を棚にしまはむ

仏壇を閉ぢつつ思ふこよひあたりみなで花見にゆくやもしれぬ

あとがき

前歌集『六本辻』から続く七十代の日々を穏やかにすごしたいと願っていましたが、二〇二〇年に発生した新型コロナの感染流行はいまだ収まらず、二〇二二年、ロシアによるウクライナへの侵攻に始まった戦禍は拡がる一方です。

コロナ禍での自粛生活は、外部との往来を絶たれる閉塞感をもたらしました。海彼への旅、懐かしい土地や人に会いにゆく旅、思い立つと出かけることができた日の有難さを知りました。それでもＺＯＯＭ歌会、メール歌会、感染の波間をうかがっての対面歌会などが開かれ、歌があることに力を与えられた日々であったと思います。

二〇二一年五月の第四木曜日のことです。次々と歌会の会場が閉鎖され、ノマドのように移動していた晶の会の私たちは、王子の飛鳥山の山上にいました。青葉の蔭にいくつかの平らな石がおかれた広場で歌会が進むなか、ふと風が吹き、日が翳り、視界が変わったように思われました。空を仰ぐと太陽の周りにうっすらと輪がかかっています。思わず声がでて、皆で日暈をながめました。緑の楓のプロペラをいくつも飛ばして風はおさまり、太陽の暈も消えてゆきました。あのふしぎな現象は、天空からの贈り物であったように思われます。

第一歌集『夏の陽』から三十七年ほどが過ぎて、第九歌集『日暈』を刊行することに深い感慨をおぼえます。本集は、二〇一八年秋ごろから二〇二三年春ごろまでの作品四九六首をゆるやかな時系列で編みました。

歌によって会うことのできたたくさんの方たちに感謝をささげます。歌集刊行にお力添えをいただいた本阿弥書店の奥田洋子様、黒部隆洋様にお礼を申し上げます。『シラクーサ』『六本辻』に続いて装幀を花山周子様にお願いできたことも嬉しいことです。

二〇二三年半夏生の日に

小林　幸子

著者略歴

小林幸子（こばやし・ゆきこ）
1945年（昭和20）奈良県生まれ。「塔」選者。「晶」編集人

歌集
『夏の陽』（ながらみ書房）
『枇杷のひかり』（砂子屋書房）
『あまあづみ』（ながらみ書房）
『千年紀』（砂子屋書房）（日本歌人クラブ南関東ブロック優良歌集）
『シラクーサ』（ながらみ書房）
『場所の記憶』（砂子屋書房）（葛原妙子賞）
『水上の往還』（砂子屋書房）
『六本辻』（ながらみ書房）

現代短歌文庫
『小林幸子歌集』（砂子屋書房）

歌書
『子午線の旅人・前登志夫の風景』（ながらみ書房）

塔21世紀叢書第四三六篇

歌集　日《ひ》暈《がさ》

二〇二三年十月一日初版発行

著　者　小林　幸子

発行者　奥田　洋子

発行所　本《ほん》阿《あ》弥《み》書店

東京都千代田区神田猿楽町二―一―八
三恵ビル　〒一〇一―〇〇六四
電話　〇三(三二九四)七〇六八
振替　〇〇一〇〇―五―一六四四三〇

印刷製本　日本ハイコム株式会社

定　価　二九七〇円（本体二七〇〇円）⑩

ISBN978-4-7768-1658-4 C0092 (3774) Printed in Japan